g

p

h

r

s

v

Cuento de Luz publica historias que dejan entrar luz, para rescatar al niño interior,
el que todos llevamos dentro. Historias para que se detenga el tiempo
y se viva el momento presente. Historias para navegar con la imaginación y contribuir
a cuidar nuestro planeta, a respetar las diferencias, eliminar fronteras y promover
la paz. Historias que no adormecen, sino que despiertan...

Cuento de Luz es respetuoso con el medioambiente, incorporando principios de soste-
nibilidad mediante la ecoedición, como forma innovadora de gestionar sus publicaciones
y de contribuir a la protección y cuidado de la naturaleza

CUENTO
DE LUZ

La Familia Bola

© de esta edición: Cuento de Luz SL, 2010
Calle Claveles 10
Urb. Monteclaro
Pozuelo de Alarcon
28223 Madrid, Spain

www.cuentodeluz.com

© del texto y de las ilustraciones: Mónica Carretero, 2010

ISBN: 978-84-938240-4-4
DL: M-47437-2010

Impreso en España por Graficas AGA SL
Printed by Graficas AGA in Madrid, Spain,
November 2010, print number 65691

Serie:
ARTISTAS MINI-ANIMALISTAS

Mónica Carretero

La familia bola

CUENTO
DE LUZ

Hace muchos, muchos años, en una ciudad muy, muy lejana,
en un edificio muy, muy ruidoso, vivía una familia muy,
muy numerosa de animalitos bola:
"La familia Bola".
Estaba compuesta ni más ni menos que por 55 miembros,
y aunque en sus buenos tiempos habían llegado a ser 79,
os prometo que 55 es un número
que no está nada, pero nada mal.

"La familia Bola" vivía en los bajos de la
planta baja de un edificio muy alto.
Su casa era muy húmeda y no tenía
prácticamente nada de luz, pero eso
para una familia de animalitos
bola son grandes ventajas.
Su casa era amplia.
Pocas habitaciones,
pero grandes.
A la abuela animalito bola,
siempre le gustaron los
espacios abiertos, por eso
nunca permitió levantar
paredes.

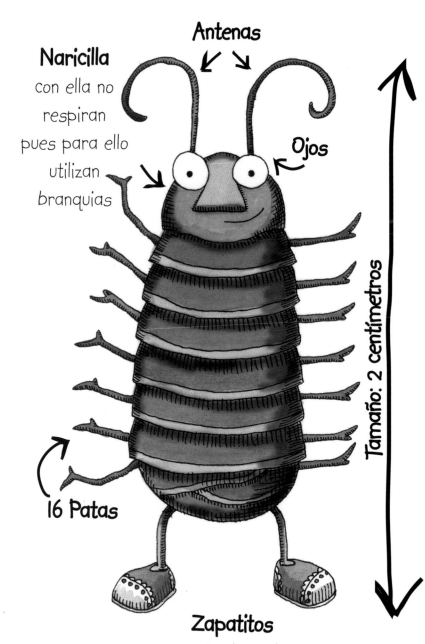

Naricilla
con ella no respiran pues para ello utilizan branquias

Antenas

Ojos

16 Patas

Zapatitos
no todos los calzan

Tamaño: 2 centímetros

Los animalitos bola no son atractivos. No tienen colores bonitos en su cuerpecillo, ni patas largas, ni ojos grandes, ni tan siquiera una larga melena... Los animalitos bola son rechonchos, es decir, bajitos y gorditos. De un color gris de lo más anodino. El color gris no es feo pero tampoco bonito, es un color que no es color... Aunque cuando a un animalito bola le da el sol, su cuerpecillo brilla un poco... pero muy poco, la verdad. Tienen ocho pares de patas, muy, muy cortitas y nada, nada veloces. Su cabecita es pequeñísima, la coronan dos antenas curvas y sus ojitos son dos puntitos minúsculos. –¡Pobres animalitos bola! –pensaréis–. ¡Qué feítos son...!

Al no tener
pelo, a las
animalitas bola
les vuelven locas
las pelucas.

Hay animalitos
bola que se
maquillan
el cuerpo para
colorearlo
y así hacerlo
más atractivo.

El sol no les ayuda a tener
mejor color, pero les calienta
ese cuerpecillo con forma de
acordeón.

Vale, vale...
rechonchos, pero
les estamos
comparando ni
más ni menos
que con una esbelta libélula

Pero me falta contaros lo más maravilloso, increíble y extraordinario de estos animalitos:

¡PUEDEN CONVERTIRSE EN BOLA!

Pueden convertir su cuerpo en una pequeña pelotita y rodar. Rodar como una canica, rodar como la cuenta redonda de un collar, rodar como una aceituna, como un Yo-Yo, como la letra "o" cuando se cae de un libro.

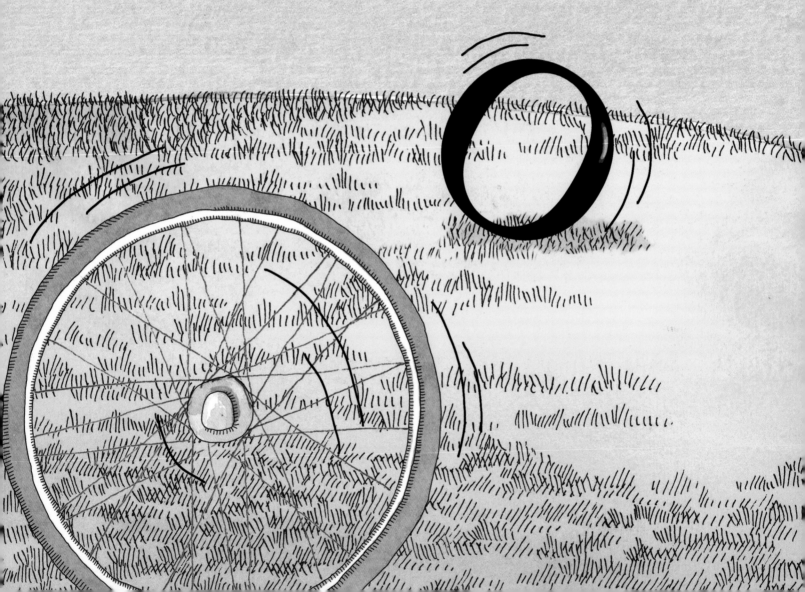

Rodar, rodar, rodar...

"La familia Bola" tenía una gracia especial. El tataratatarabuelo, al darse
cuenta de que no eran animalitos muy atractivos, decidió que todos los miembros
de su familia llevaran una prenda de ropa a rayas o con estampado llamativo.
Esto, aparte de ser una señal de identidad para su familia, daría color
y alegría a sus grises cuerpecitos. Y todos, absolutamente todos debían
aprender a leer y escribir.

Como dije, nuestra familia Bola vivía en una casa muy ruidosa porque encima del techo de su vivienda estaba:

"EL GRAN TEATRO VARIETÉS"

"El Gran Teatro Varietés" era un teatro-cabaret.
Su escenario lo pisaban grandes estrellas
del mundo del espectáculo. El teatro lo abrían de
noche y hacía mucho ruido: música, voces, risas,
vasos rotos... La familia Bola, para adaptarse,
decidió dormir de día, cuando el teatro estaba
cerrado, y era por la noche cuando hacían su vida.

Estoy convencida de que el haber vivido durante años bajo el Teatro Varietés
había marcado a nuestra familia Bola, pues eran grandes artistas
del escenario: bailarinas, bailarines, actores y actrices, cantantes y magos...
Todos, absolutamente todos tenían un don especial para el mundo artístico.

Disponían de un patio de butacas
construido en un viejo palco del teatro.
Un palco abandonado hacía años.
Este palco había
pertenecido a la señora
Cornelia.

Una mujer excesiva en todo su ser.
Cuentan que vivía con tal ímpetu las
actuaciones que saltaba, bailaba,
reía y lloraba... Todo a lo grande.

Durante una representación de la ópera L'Orfeo, lloró tanto de pena y rabia,
que la escayola que cubría la estructura de madera del palco, comenzó
a deshacerse, y éste perdió estabilidad. En el segundo acto Cornelia
se abalanzó con rabia gritando al protagonista:
–Pero, ¿por qué? ¿Por qué tuviste que desconfiar?
Fue tal el frenesí que el palco cedió y la dama cayó al patio de butacas
al son de los tambores que simulaban los truenos y centellas propios
de la escena que se representaba. Hubo gran confusión.

El palco se restauró, pero nunca se volvió a utilizar, para evitar accidentes,
y eso fue una suerte para nuestra familia bola, porque ahí decidieron construir
el "Pequeño Teatro Varietés".
Los días de actuación bola eran los domingos, lunes y martes. Los demás días
era cuando abría "El Gran Teatro Varietés" y era imposible con tanto jolgorio
realizar cualquier espectáculo . Pero esos días eran aprovechados por los
animalitos bola para ver las actuaciones humanoides y aprender.

Paso a hacer una presentación de algunos de los animalitos bola que forman
parte de la función:
Margarita "la mudita", mote que le habían puesto sus allegados debido a su
verborrea natural y exageradísima, era la presentadora de los espectáculos.

Margarita ya era anciana y sabía tantas historias como gotas de agua hay en el mar. El sonido de una campanilla colocada entre bastidores le avisaba cuando hablaba demasiado y tenía que callar, porque Margarita la mudita se ensimismaba en sus historias sin final.

Los grandes protagonistas eran Casto y Eurídice, dos animalitos bola que se entendían perfecta y amorosamente tanto fuera como dentro del escenario. Sus voces eran potentes y sus interpretaciones tan creíbles que el público entusiasmado aplaudía con los ocho pares de patas.

También estaban las "Star girls", grupo formado por ocho damas bola que aunque en la actualidad estaban entraditas en años y carnes, habían sido en su adolescencia un grupo de moda. Su profesionalidad y experiencia con el baile era tal que hacía increíblemente deseable verlas en acción.

Ramón Bombón era cantante de música ligera. Jovencitas bolas y parejas de enamorados perdían la cabeza escuchando sus románticas baladas.

"Gabriela Glamour", la chica más chic de la familia Bola.
Sus bonitas coreografías y sus bellos trajes hacían las delicias
de unos y de otros. Recuerdo aquel famoso Tutú de plumas
de Colibrí enano. Causó la admiración de muchas
bailarinas bola.

Claravista y Novista, dos gemelas magas, hijas del gran mago "Judión", llamado así por su parecido con esta legumbre, desafiaban la realidad y trasladaban al público a un mundo deslumbrante y mágico. Podían desaparecer, volar, cambiar de color, dividir su cuerpo en dos y aún así sonreír.

Y más y más personajes subían al escenario del pequeño Teatro Varietés.
Unos con más gracia y acierto que otros, pero todos animalitos bola dispuestos
a hacer disfrutar a su incondicional público.

Un viernes en pleno día, cuando todos descansaban, alguien picoteó la puerta.
Un animalito bola abrió y de entre las plumas de una paloma salto una pulga.
Una pulga con sombrero de flores y bastón.
–¡Es María de los Saltos! comentaban con entusiasmo los animalitos bola.
Tras saludar efusivamente a los más ancianos la pulga se subió en un
dedal y la familia Bola la rodeó.
María de los Saltos tenía
algo importante que
anunciarles.

María de los Saltos había viajado en una paloma mensajera desde Moscú.
Esta pulga era representante de artistas, una cazatalentos que viajaba
por el mundo buscando nuevas estrellas entre el mundo animal.
Aunque trabajaba más cómoda con la familia de los insectos, había hecho
excepcionales descubrimientos entre los mamíferos de tamaño medio.

Había descubierto, entre otros, al famoso
"Cerdito Meishan", un mamífero capaz de poner las caras más feas
y graciosas de todo el mundo, o al "Mono bigotudo", un monito enano que lucía
un bigote impresionante con el que hacía cosas asombrosas. También, famoso
en el mundo entero era su "Circo de pulgas". Pero esta es otra historia...

Cuando Mª de los Saltos abrió
la boca fue para decir:
—¡Queridos integrantes
de la "Familia Bola".
Dentro de un mes hago una audición.
Preparad todos vuestros mejores
espectáculos, porque aquellos
que seáis elegidos entraréis
a formar parte de...

"EL PEQUEÑO TEATRO ITINERANTE VARIETÈS"

¡Qué revuelo se montó! Los animalitos bola daban saltos –unos saltos minúsculos, pero saltos al fin y al cabo–, se abrazaban, rodaban, alguno hasta daba gritos de la emoción diciendo:

–¡"Pequeño teatro itinerante Varietés"! ¡¡¡El sueño de nuestro tatarabuelo!!!

Con esta alegría desenfrenada se pusieron a trabajar. Trabajaron como si no hubiese un mañana. Trabajaron como hormigas antes de que les sorprenda el invierno. Trabajaron con tanta ilusión que pronto el "Pequeño teatro itinerante Varietés" estuvo listo para comenzar su andadura.

Y pronto, muy pronto, os contaré qué ocurrió. Porque Mª de los Saltos, entusiasmada con el espectáculo que la familia Bola había preparado, firmó contratos con los teatros más importantes del mundo. Y allí llevó a estos bichitos que aunque pequeños, gorditos y grises, parecían transformarse en el escenario, logrando convertirse en bichos increíbles, llenos de arte y repletos de vida.

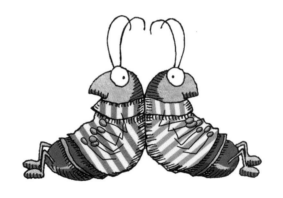

l

b

f

o

a

ñ

j

m